# TABLEAU

## LITTÉRAIRE

# DE LA FRANCE,

## AU DIX-HUITIÈME SIÈCLE.

SE VEND

Chez { GILBERT et Cie, rue Serpente, n° 10;
LÉOPOLD-COLLIN, rue Git-le-Cœur, n° 4;
Et Jh CHAUMEROT, Palais-Royal, galeries de bois, n° 188.

# TABLEAU
## LITTÉRAIRE
# DE LA FRANCE,
## AU DIX-HUITIÈME SIÈCLE.

Par M. DE LA BASTIDE,

Auteur de la *Nouvelle Traduction des Offices de Cicéron.*

Ce Discours avait été envoyé au concours pour le Prix d'éloquence que la seconde Classe de l'Institut a remis, pour la troisième fois, à une autre année.



*Major è longinquo reverentia.*
TACITE.

PARIS,

C. F. PATRIS, Imprimeur de la Cour de Justice criminelle et de l'Académie de Législation.

1808.

# TABLEAU
## LITTÉRAIRE
# DE LA FRANCE,
## AU DIX-HUITIÈME SIÈCLE.

C'EST de la postérité, et non des contemporains, que le génie reçoit le tribut d'éloges qu'il mérite. Le dix-huitième siècle est encore trop près de nous pour que les écrivains, qui l'ont illustré par leurs ouvrages, puissent dès aujourd'hui obtenir une entière justice. Jamais d'ailleurs les circonstances ne leur sauraient être plus contraires. Il s'est élevé dans la littérature une certaine classe d'hommes qui s'acharnent sur la cendre de ces morts les plus illustres, et ne cessent d'exciter contre eux l'indignation publique, en chargeant leur mémoire de tous les malheurs de nos discordes civiles. La disposition actuelle des esprits n'est sans doute que trop propre à faire accueillir cette injuste accusation. Après une révolution qui a produit tant de désastres, qui a froissé tant de cœurs et blessé tant d'intérêts, la moindre faute paraît un crime, si, de près ou de loin, elle a pu contribuer à cette révolution. Il n'est point, certes, dans notre pensée de dissimuler les torts que peuvent avoir eus quelques-uns des écrivains du dix-huitième siècle. Mais ces torts sont-ils suffisants pour attirer à ceux-là même une imputation aussi odieuse? et doivent-ils surtout faire comprendre tous les autres dans la proscription générale où on voudrait les envelopper?

En donnant, cette année, pour sujet du prix d'éloquence le *Tableau Littéraire de la France au dix-huitième siècle*, l'académie française a eu sans doute l'intention de ramener l'opinion publique égarée, en lui rappelant tous les beaux monuments littéraires de ce siècle, et ses véritables titres à la reconnaissance nationale. Les amis des lettres doivent s'empresser de concourir à un but si louable, et réunir leurs efforts pour arrêter, s'il est possible, les progrès toujours croissants des mauvaises doctrines répandues dans la littérature par des hommes aussi étrangers au bon goût qu'à toute idée libérale, et ennemis par calcul, autant que par caractère, de tout véritable talent, de toute grande réputation. Ce n'est pas seulement contre les écrivains du dix-huitième siècle que sont dirigées leurs attaques insensées; c'est contre ceux de tous les temps et de tous les pays. Il n'y a qu'à les suivre dans leur ténébreux système pour demeurer convaincus que c'est aux lettres en général, à la raison et à toute espèce de lumières qu'ils ont juré une éternelle guerre. Quelles que soient les préventions qu'ils sont venus à bout de jeter dans certains esprits contre les personnages les plus célèbres qui doivent figurer dans ce tableau, essayons de rendre un hommage, aussi vrai qu'il est pur, au génie des Voltaire, des Montesquieu, de tous ces grands hommes dont on ne peut flétrir les lauriers sans ternir la gloire nationale, et qui, pendant qu'ils sont un sujet de haine et d'ingratitude pour des Français, sont un objet d'envie et d'admiration pour les étrangers.

Nous ne nous sommes point dissimulé combien était difficile et délicate la tâche que nous avions à remplir; car, quoique nous n'ambitionnions d'autres suffrages que ceux des bons juges, nous n'ignorons pas que même les hommes du meilleur goût et de la plus saine doctrine ont leurs affections particulières, et leurs antipathies naturelles; que par conséquent il sera bien malaisé de satisfaire tous les esprits, en retraçant les diverses physionomies qui figureront dans ce tableau. Sans doute que le meilleur moyen de se sauver de cet écueil, ou du moins d'en affaiblir le danger, serait de ne parler que des choses et non des personnes, des lettres et non des littérateurs : mais, pour peu qu'on y réfléchisse, on sentira que c'est là un de ces conseils qu'il est plus facile de donner que de suivre à la rigueur. D'un autre côté le sujet que nous traitons est si vaste, et l'on a tant écrit sur les diverses parties qui le composent, que la plus grande difficulté consistait à le réduire dans de justes bornes, sans rien omettre d'essentiel; et que le seul moyen de rajeunir, en quelque sorte, le tableau que nous avions à faire, était l'unité du plan et la rapidité de l'exécution. L'on n'a établi aucune division dans ce discours, pensant qu'un tableau ne pouvait être divisé sans perdre de son effet.

Peu de siècles s'ouvrirent sous des auspices plus funestes pour la littérature française, que celui dont nous allons retracer le tableau. Corneille et Molière n'étaient plus depuis longtemps; Racine venait de finir avec le siècle dernier, et quelques années du nouveau furent à peine écoulées, que La Fontaine, Boileau, Bossuet, Fénélon étaient descendus au tombeau. On eût dit que la mort prenait plaisir à moissonner autour de Louis XIV, alors malheureux, tous les grands hommes qui avaient été comme les rayons de sa gloire, et qui avaient immortalisé le siècle auquel ce grand roi mérita de donner son nom. Les Muses françaises étaient toutes dans le deuil; et nul beau génie, nul grand talent ne s'élevait pour les consoler, pour réparer tant de pertes, et soutenir la gloire des lettres. La nature, à cette époque, parut épuisée, et avoir besoin de se reposer. Cette pure lumière, ce vif éclat dont la France avait brillé, semblaient s'être éclipsés sans retour. La décadence se faisait sentir de toutes parts, et Despréaux en avait emporté le regret dans la tombe. Ce même Rousseau, qui avait ressuscité la lyre de Pindare, qui avait été si pompeux, si élégant, si harmonieux dans ses odes, dans ses psaumes et ses cantates, ne fut plus dans ses épîtres qu'incorrect, dur et bizarre. Son talent s'était entièrement évanoui, quoique encore dans la force de l'âge. Le malheur et l'exil semblaient avoir éteint ou dénaturé son génie.

Crébillon, né avec un talent si marqué pour la tragédie, que, sans presqu'aucune littérature, il produisit des pièces telles qu'*Electre*, et surtout *Rhadamiste*, dont les beautés rappèlent celles des grands maîtres; Crébillon corrompait la langue, et ne faisait le plus souvent parler à Melpomène qu'un langage barbare.

La Motte-Houdart, à qui la nature avait refusé le talent des vers, mais qui, par la finesse et l'étendue de son esprit, était fait pour réussir dans d'autres genres, eut le malheur de se livrer à la poésie. Il vint à bout, à force d'esprit, de faire des vers médiocres, et de composer quelques ouvrages qui ne sont pas sans mérite. Mais, comme sans doute les vers lui coûtaient un travail prodigieux, il conçut l'idée bizarre de faire des tragédies en prose. Dès ce moment il chercha toujours à décrier la poésie, et il introduisit dans la littérature plusieurs erreurs, dont la moins pernicieuse n'était pas ce mépris qu'il affichait pour les écrits des anciens, ces sources si pures et si abondantes de tous les genres de beautés.

Fontenelle, qui n'avait eu d'abord que des succès fort médiocres, mais qui dans la suite s'acquit beaucoup de réputation par ses beaux éloges des académiciens, et par le rare mérite, qu'il montra le premier, de répandre de l'agrément sur les matières les plus arides, et de réconcilier, pour ainsi dire, les sciences avec les grâces; Fontenelle embrassa le système erroné de son ami La Motte, et lui prêta toute l'autorité que ses grands talents lui avaient méritée. Cette nouvelle doctrine corrompait le goût; on s'écartait de cette pureté de principes, de cette simplicité antique dont le siècle précédent avait laissé tant de modèles. On courait après les ornements recherchés; on se jetait dans les travers du faux bel-esprit. La poésie surtout semblait avoir perdu son feu sacré. Enfin la décadence devenait de jour en jour plus rapide, lorsqu'il parut, dans la république des lettres, un de ces grands génies faits pour en changer les destins. Voltaire s'annonça, à l'âge de vingt-quatre ans, par deux chefs-d'œuvres, précisément dans les deux parties les plus élevées de la littérature, la tragédie et l'épopée.

A la première représentation d'*OEdipe* (1), lorsqu'on entendit ce style enchanteur, cette harmonie, cette élégance poétique qu'on ne retrouvait plus dans les nouvelles pièces depuis la mort de Racine, le parterre, alors composé d'hommes qui avaient l'oreille délicate et exercée, ne put contenir ses transports d'admiration ; et la pièce, ainsi que les vers, fut couverte jusqu'à la fin des plus vifs applaudissements. L'impression, qui est la pierre de touche de ces sortes d'ouvrages, ne démentit pas le succès de la représentation. Dès lors Voltaire fut regardé comme le digne successeur de Corneille et de Racine. Les amis des lettres surtout conçurent les plus hautes espérances du poète de 24 ans, qui non seulement avait lutté avec avantage contre l'*OEdipe* de Corneille, pièce encore estimée, mais qui avait même égalé Sophocle dans l'un de ses chefs-d'œuvres, et l'avait surpassé en plus d'un endroit. Ces espérances s'accrurent encore, lorsque bientôt après parut la *Henriade*, connue d'abord sous

---

(1) C'est à peu près l'époque où l'on est convenu de faire commencer le dix-huitième siècle, pour ce qui regarde la littérature, c'est-à-dire, que le siècle de Louis XIV s'étend jusqu'aux vingt premières années du dernier.

le nom de *Poème de la Ligue*. Le succès en fut des plus éclatants. La France, qui n'avait point de poème épique, et dont la langue, disait-on, lui refusait ce genre de gloire, se sentit fière d'en avoir un qui renfermait des beautés du premier ordre, et qui se recommandait surtout par la plus belle poésie qui fût jamais.

Voltaire eut tant d'influence sur la littérature de son siècle, que c'est faire l'histoire des lettres que de faire celle de ses ouvrages; et l'on sentira qu'il doit occuper d'autant plus de place dans ce tableau, qu'il en est, pour ainsi dire, la première tête. Le jeune poète, qui avait débuté d'une manière si brillante dans la carrière du théâtre, ne devait pas en rester là. Aussi ne s'écoula-t-il point d'année qui ne vît éclore quelque nouvelle production; et bientôt la scène française fut enrichie de *Brutus*, de *Zaïre*, de la *Mort de César*, d'*Alzire*, de *Mérope*, de *Mahomet*, de ces chefs-d'œuvres immortels, où l'on retrouvait dans les uns toute l'élévation, tout le sublime de Corneille, avec le style harmonieux de Racine, et dans les autres tout le pathétique de ce dernier, avec une action encore plus tragique, et des effets plus théâtrals. Ce grand homme ne borna point sa gloire à la tragédie et à l'épopée; il cultiva, avec un égal succès, presque tous les genres de poésie. Il écrivit en prose sur toute sorte de sujets; et sa prose se fit lire avec autant de charme que ses vers. Il s'empara du champ de l'histoire, et y fit révolution. Avant lui elle n'était guère, en France, que le triste récit des guerres et des batailles; qu'une froide nomenclature des princes, de leurs ministres et de leurs généraux. Sous sa plume elle devint un vaste et vivant tableau, où il retraça les mœurs, les usages et les lois des différents peuples; le caractère des rois et leur politique; la force et la faiblesse des empires; l'état malheureux ou prospère de l'agriculture, du commerce, des sciences, des lettres et des arts. Il embrassa enfin les parties les plus élevées de la philosophie : mathématiques, physique, astronomie, rien ne fut étranger à ce génie ardent qui semblait dévorer les objets.

Tant de succès, tant de talents divers ne pouvaient qu'attirer autour de lui les serpents de l'envie : aussi fut-il en butte à tous les genres de persécution; et il en éprouva surtout, pour des raisons que nous déduirons ailleurs, de la part des deux plus puissants corps de l'Etat, le clergé et les parlements. Seul contre tant d'ennemis, attaqué, menacé de toutes parts, on vit alors ce que peut un grand homme, par le seul ascendant de son génie. Il n'employa d'autre défense, il ne mit en usage d'autres armes que ses écrits avec lesquels il créa, pour ainsi dire, tant il lui prêta de force et d'autorité, cette puissance indépendante et dominatrice de toutes les autres, l'opinion publique. Ce fut sous son égide qu'il put poursuivre sa glorieuse carrière ; ce fut devant son tribunal, devenu redoutable, qu'il put venger l'innocence opprimée ; défendre, par son éloquence, les infortunés Calas, les Sirven, les Langlade, les Montbailly, et qu'il fit trembler ces parlements si fiers qui avaient tant de fois menacé sa tête.

Les triomphes les plus multipliés et les plus éclatants lui acquirent la plus vaste des renommées. Il fut en relation avec tous les hommes célèbres de l'Europe ; il se vit recherché par les grands de tous les pays ; il compta des têtes couronnées dans le nombre de ses amis. Enfin, il exerça pendant trente ans en Europe la dictature du génie, et fut, pour ainsi dire, le patriarche reconnu de la philosophie. C'est un exemple unique dans les fastes de l'histoire. Jamais homme de lettres, jamais philosophe ne fut comblé de tant de gloire, environné de tant d'éclat. Cet éclat réjaillit sur la littérature en général; et l'on pourrait dire peut-être, que cette haute considération accordée à un simple écrivain; que l'exemple de ce grand ascendant d'un homme de génie, sur tout son siècle, fut pour les lettres un aussi puissant encouragement, que l'avait été au siècle précédent la protection d'un Louis XIV.

Dans le même temps où Voltaire entra dans la carrière des lettres, il y parut un autre génie moins étonnant sans doute, mais non moins honorable pour le dix-huitième siècle, Montesquieu. Il débuta par un ouvrage léger en apparence, mais qui décélait un esprit supérieur. Les *Lettres Persanes* furent comme le prélude par lequel avait voulu s'essayer l'écrivain profond qui devait produire le livre *des Causes de la grandeur et de la décadence de l'empire Romain*; livre le plus neuf et le plus original qu'on ait jamais fait sur un sujet aussi usé, et le digne précurseur de l'*Esprit des lois*, ce code immortel de toutes les nations, où le publiciste ne marche jamais qu'éclairé par le flambeau de l'expérience; où il n'établit aucun principe, sans l'étayer de quelque trait d'histoire frappant, et parfaitement adapté au sujet;

où se montre enfin à chaque page le bon citoyen et l'ami des hommes. Jamais la prose française n'eut des formes plus piquantes, une expression plus vive et plus animée que sous la plume de Montesquieu. Quoiqu'il ait écrit sur les matières les plus abstraites, et qu'il les ait traitées avec la plus grande profondeur, on lit ses ouvrages autant pour son plaisir que pour son instruction. Si Voltaire est regardé à juste titre comme le premier poète du dix-huitième siècle, Montesquieu peut être regardé comme le premier de ses prosateurs.

C'est à ces deux grands hommes et à Fontenelle qu'il faut rapporter l'espèce de révolution produite alors dans la littérature par l'esprit philosophique. Ce fut comme un nouveau jour répandu sur les sciences, les lettres et les arts. Fontenelle y avait déjà préparé les esprits en traitant plusieurs objets de science et de philosophie, avec la critique la plus fine et la plus déliée, avec une clarté et un agrément que personne n'y avait mis avant lui. Mais ce n'est qu'après que les ouvrages de Voltaire et de Montesquieu furent répandus, que l'esprit philosophique devint le caractère distinctif de la littérature du siècle. Éminemment doués l'un et l'autre de cet esprit, ils le portèrent partout où ils imprimèrent leurs pas. Montesquieu le porta dans cet examen, dans cette espèce de revue générale qu'il fit dans ses écrits, des coutumes, des usages, des lois et des institutions des peuples de tous les pays et de tous les siècles. Aidé de cet esprit et de son génie, il saisit, il pénétra merveilleusement les principes et les ressorts des divers gouvernements : il nous révéla, pour ainsi dire, la pensée et le secret des différents législateurs qui ont donné des lois au monde, et ouvrit ainsi la carrière la plus vaste aux méditations des écrivains politiques.

Voltaire le propagea encore plus cet esprit, en le portant dans tous les genres de littérature, dont aucun ne lui fut étranger. Il le fit briller surtout dans la tragédie, l'épopée et l'histoire, qui en acquirent un degré d'intérêt de plus. La Motte et Fontenelle avaient déjà fait voir cette lumière nouvelle dans les lettres, mais ils ne l'avaient montrée qu'obscurcie des erreurs dont nous avons parlé en commençant ce tableau. Épuré alors, dépouillé de ces erreurs par Voltaire, l'esprit philosophique, au lieu d'égarer le goût, servit au contraire à le perfectionner. Il apprit à juger plus sainement des ouvrages d'esprit, en remontant aux vrais principes de nos plaisirs dans les beaux-arts, en les développant sans sécheresse, et toujours conduit par le sentiment qui est le guide le meilleur et le plus sûr en matière de goût. C'est ainsi que furent mieux appréciées les tragédies immortelles de Racine, les beaux opéras de Quinault, et les fables inimitables de La Fontaine.

Bientôt on le vit pénétrer partout, s'insinuer dans tous les états, et se glisser jusques dans le barreau, malgré la barrière insurmontable que semblait lui imposer l'impérieuse routine, cet esprit tyrannique du palais. La France avait déjà depuis long-temps des modèles dans tous les genres de littérature, que son barreau était encore à demi-barbare. Mais enfin le bon goût s'y étant introduit avec l'esprit philosophique, il s'éleva alors une nouvelle génération d'avocats, qui, au lieu d'étudier l'art oratoire dans les plaidoyers de leurs prédécesseurs, tout couverts de la rouille de la chicane, chargés de déclamations ampoulées, et embarrassés de citations pédantesques, formèrent leur talent à l'école des classiques anciens et modernes. Il ne manqua peut-être aux Lenormand et aux Cochin, que des causes d'un intérêt plus grand et plus général pour produire des ouvrages qui fussent des monuments en littérature. Leurs mémoires sont sagement écrits, et ne peuvent être lus qu'avec fruit par les gens de l'art. Ils méritent même d'être étudiés par les jeunes avocats qui y trouveront des modèles d'une diction saine, et d'une discussion serrée et précise.

Il n'est pas jusqu'à la grammaire qui ne se ressentît de l'influence de l'esprit philosophique. Dumarsais publia son livre des *Tropes*; et la métaphysique du langage ainsi que ses principes fondamentaux furent approfondis, éclairés et mis à la portée des moindres lecteurs.

Les *Considérations sur les mœurs du siècle* sont encore le livre d'un philosophe. C'est le meilleur ouvrage de Duclos et son premier, pour ne pas dire, son seul titre de gloire. Cet auteur n'en est pas moins un des bons écrivains de son siècle, et il est surtout du nombre de ceux qui honorèrent la littérature autant par leur caractère que par leurs talents. Aussi le vit-on pendant sa longue carrière jouir constamment de la plus haute considération et parmi les gens de lettres et dans le monde.

Nous n'omettrons pas ici de parler de ce Vauvenargues, de ce véritable philosophe qui dans l'âge des passions posséda toutes les vertus du sage, et qui fut enlevé si tôt aux lettres et à la philosophie. Sa mort excita les regrets de tous ceux qui l'avaient connu; et en lisant le peu d'écrits qu'il nous a laissés, on ne peut s'empêcher de déplorer pour les lettres la perte d'un si excellent esprit, et de regretter surtout qu'il n'ait pas eu le temps de finir le bel ouvrage de morale qu'il méditait, et dont nous n'avons que des fragments imparfaits. Ses observations et ses maximes le placent au rang des meilleurs moralistes.

Cependant, tandis que l'esprit philosophique créait ainsi, ou fécondait plusieurs branches de notre littérature, quelques autres ne produisaient pas d'aussi heureux fruits que dans le siècle précédent. L'éloquence de la chaire surtout avait perdu beaucoup de son éclat. Ségaud, Neuville, l'abbé Poule, quoique doués d'un vrai talent, étaient des orateurs sacrés bien inférieurs aux Bourdaloue, aux Bossuet, aux Massillon.

Molière et Regnard, dans la comédie, n'avaient point de successeurs, ou du moins n'en avaient aucun qu'on puisse mettre à côté d'eux. On ne trouvait, dans les nouvelles pièces, ni la force comique du second, ni surtout la profondeur de l'auteur du *Tartufe*. La scène

2

de Thalie toutefois fut enrichie de plusieurs ouvrages d'un grand mérite, qu'on voit jouer avec plaisir après les pièces même de ces deux grands maîtres. Tels sont le *Glorieux* et le *Philosophe marié*, de Destouches; la *Métromanie*, de Piron ; le *Méchant*, de Gresset; *Turcaret*, de *Lesage ;* l'*Homme du jour*, de Boissy. Il est encore sans doute plusieurs auteurs comiques, de talent, qu'on pourrait nommer après ceux-là, comme Marivaux, Collé et quelques autres ; mais l'on sentira que les bornes prescrites à notre travail ont dû circonscrire le tableau que nous avions à présenter, et qu'il ne doit par conséquent y figurer que les auteurs et les ouvrages les plus marquants dans chaque genre de littérature.

La Chaussée cependant s'ouvrait une nouvelle route au théâtre, et y obtenait des succès. Il avait senti combien le champ de la comédie est borné; il avait vu que des maîtres habiles s'étant emparés des fonds les plus heureux, il n'y restait guère plus de palmes à cueillir. Il chercha alors à créer un nouveau genre, et nous eûmes le drame mixte qui a essuyé tant de critiques. Ce nouveau genre est sans contredit bien plus facile que la comédie, et lui est, par cela même, inférieur; mais le grand intérêt dont il est susceptible, et que La Chaussée sut mettre dans ses bonnes pièces, aurait dû lui faire trouver grâce devant ses plus ardents détracteurs.

Quinault, dans l'opéra, n'avait pas plus de successeurs que Molière dans la comédie. Parmi le grand nombre de poèmes de ce genre qui parurent alors, deux ou trois opéras de La Motte, autant de Roy; le *Jephté* de l'abbé Pellegrin, le *Castor et Pollux* de Bernard, étaient les seuls, ou à peu près, restés au théâtre, et ne pouvaient être mis à côté des charmants ouvrages de Quinault. On peut dire que le talent des poètes a baissé dans l'opéra, à mesure que celui des musiciens s'est élevé.

Le genre de l'ode n'était pas cultivé avec plus de bonheur. Il semblait qu'on eût perdu le secret de cette harmonie, de cette pompe, de cette magnificence d'expression, de ce puissant enthousiasme, qui forment le caractère de cette poésie, et qu'on admire dans les belles odes de J. B. Rousseau. Il faut distinguer cependant l'ode de Racine le fils, sur l'harmonie, où l'on retrouve quelques-uns de ces différents mérites, et celle de Pompignan, sur la mort de ce même Rousseau, comparable à tout ce que celui-ci a de plus beau.

Mais, d'un autre côté, la muse de Gresset et de Racine le fils, ajoutait à nos richesses poétiques des ouvrages d'un genre nouveau, qui leur ont assuré une place distinguée parmi les poètes du dix-huitième siècle; le *poème de la Religion*, d'une versification si belle, et la *Chartreuse*, et le *Vertvert*, d'un caractère de poésie si neuf et si piquant.

La scène tragique, qui recevait tous les jours un nouvel éclat des nombreux chefs-d'œuvres de Voltaire, s'enrichissait en outre de plusieurs ouvrages qui, sans être du premier ordre, ont encore un mérite assez grand pour ne devoir pas être oubliés ici. Tels sont l'*Inès* de La Motte, d'une conception si heureuse; la *Didon* de Pompignan, remarquable par la correction et l'élégance du style, et l'*Iphigénie en Tauride* de Guimond de Latouche, ce coup d'essai digne d'un grand maître qui promettait un soutien de plus à Melpomène, si la mort n'était venue le moissonner dès son entrée dans la carrière du théâtre.

Le roman, sous la plume de Le Sage, prenait une tournure tout à fait piquante et originale. *Gilblas* est un des ouvrages qu'on relit le plus souvent, et avec le plus de plaisir. C'est la peinture de mœurs la plus frappante de vérité; c'est le tableau le plus animé, le plus gai, le plus instructif des différents états qui composent la société. C'est vraiment, comme l'a dit La Harpe, l'école du monde.

L'abbé Prévost, Marivaux, mesdames de Tencin, Riccoboni, de Graffigny, sont encore des romanciers du même temps, et ne doivent pas être regardés comme les moins célèbres d'un siècle qui en a tant produit. Ce sont ceux du moins auxquels les amateurs éclairés revienent le plus volontiers. Leurs ouvrages se recommandent à la fois par le mérite du style, par la vérité des mœurs, et par le plus doux, le plus vif et le plus attachant intérêt.

Les romans sont l'espèce de livres qui abondèrent le plus à cette époque; et la cause en fut peut-être à la révolution produite dans les fortunes, par le fameux système (1) qui s'empara de toutes les têtes, et absorba toutes les imaginations. Au milieu des combinaisons financières, au milieu des combats de l'âpre cupidité, il restait sans doute trop peu de place pour les études approfondies qu'exigent des compositions plus sérieuses et plus importantes.

Mais ce ne fut pas là le seul effet que ce fu-

(1) Le système de Laws.

neste événement produisit dans les lettres. En bouleversant toutes les fortunes, il porta le trouble dans toutes les classes de la société ; il excita les citoyens les plus paisibles à se plaindre d'un gouvernement inhabile à la fois et immoral ; il fomenta, il propagea dans l'Etat l'esprit frondeur auquel les Français ne sont que trop enclins. Par là il hâta trop peut-être le développement et les progrès de l'esprit philosophique, et commença d'en exagérer, d'en altérer les principes. Mais n'anticipons point, et, avant de parler des abus de la philosophie, considérons l'éclat dont la littérature brilla sous son influence, vers le milieu du siècle.

Ce Voltaire, que nous avons déjà vu l'enrichir de tant de belles productions, y en ajoutait sans cesse de nouvelles; sans cesse il accumulait les lauriers sur sa tête, et fatiguait les cent voix de la Renommée.

L'*Esprit des lois* qui venait de paraître était l'objet de l'admiration de toute l'Europe, et faisait regarder Montesquieu comme l'un des plus profonds génies qui eussent éclairé le monde. Buffon, dans un ouvrage à jamais célèbre, mais étranger pour le fond à la littérature, s'élevait, par le seul mérite du style, au rang des premiers écrivains; il faisait passer dans notre langue un genre de beautés inconnues jusqu'alors, lui imprimait, en quelque sorte, une marche plus noble et plus imposante, et ajoutait, pour ainsi dire, au domaine de la littérature toutes les richesses de l'histoire naturelle. Condillac, un des meilleurs esprits, et des plus judicieux du siècle, répandait une lumière nouvelle sur la métaphysique; et, tout en se montrant le digne émule de Locke dans cette science si importante, il donnait le modèle du style clair, simple et concis, qui convient à ces sortes de matières.

D'un autre côté, un homme, qui jusqu'alors était resté dans une profonde obscurité, se montra tout à coup sur l'horizon littéraire pour étonner tous les esprits par la chaleur brûlante de ses écrits, et non moins encore par la nouveauté de ses opinions. On reconnaît sans doute ici l'auteur de l'*Héloïse* et de l'*Emile*, cet éloquent Rousseau qui communiqua à la prose française un nouveau degré de force et d'expression, et qui, par ce don qui lui était particulier de tourner la morale en sentiment, pourrait être regardé comme le plus persuasif des moralistes, s'il n'était le sophiste le plus dangereux. Mais on ne pourrait sans injustice lui refuser le mérite d'avoir su mieux que personne, depuis Fénélon, faire sentir le charme pénétrant de la vertu.

A cette même époque fut formée l'entreprise littéraire la plus vaste qui ait jamais été conçue dans aucun siècle. D'Alembert et Diderot, déjà connus dans les lettres, et dont l'un était en outre le premier géomètre de son temps, se proposèrent de recueillir dans un même ouvrage toutes les connaissances, toutes les inventions de l'esprit humain, depuis la fondation des sociétés. Cette *Encyclopédie*, qui a été l'objet de tant de critiques, fut sans doute bien loin de recevoir toute la perfection dont elle était susceptible, ce qui eût demandé, avec un travail de beaucoup plus d'années, un soin plus scrupuleux dans le choix des écrivains qui devaient y coopérer chacun dans son genre; mais elle n'en est pas moins un des grands monuments de la France littéraire, et assure une gloire peu commune aux deux écrivains qui en conçurent le plan et en ont été les principaux collaborateurs. Le seul discours qui se trouve à la tête de l'ouvrage a placé d'Alembert au nombre des écrivains philosophes qui ont fait honneur au dix-huitième siècle.

Un ouvrage encore qui fut célèbre vers ce même temps, c'est l'*Histoire philosophique et politique du commerce des deux Indes.* L'abbé Raynal, son auteur, dut sans doute cette célébrité autant aux choses hardies qu'il y avait mises, qu'aux morceaux éloquents, et au mérite réel de son livre. Mais l'intérêt qu'y prirent les diverses puissances commerciales de l'Europe, est une preuve du moins des vues utiles qu'il renfermait. Si cet ouvrage attira dans la suite des disgrâces à son auteur, c'est qu'il y prit un ton encore plus hardi, et qu'il ajouta beaucoup aux déclamations peu mesurées et aux principes dangereux qu'il contenait déjà.

Tous ces écrivains d'un talent si distingué, une foule d'autres qu'il serait trop long de nommer ici, mais qui, sans avoir produit de grands ouvrages, s'étaient signalés par différentes productions pleines d'esprit et de goût, firent de cette époque une des plus brillantes de la littérature française. Des génies en outre, tels que les Voltaire, les Montesquieu, les Buffon, attirèrent sur la qualité d'homme de lettres la plus haute considération. Elle devint honorable même pour les grands de l'Etat, qui autrefois en auraient rougi; et les personnages les plus éminents en dignité se disputèrent l'honneur d'être membres de l'Académie française. On peut dire que la littérature jeta alors en France autant d'éclat, et obtint peut-être plus de splendeur extérieure qu'elle n'en avait eu dans les beaux jours du siècle de Louis XIV. On vit des souverains étrangers briguer les suffrages des écrivains français qui étaient comme les ministres de la Renommée en Europe, et les dispensateurs de la gloire. On vit se renouveler les exemples que la seule Grèce avait donnés dans l'antiquité, des princes et des rois en relation d'amitié avec des gens de lettres et des philosophes. On vit enfin Paris devenir, comme autrefois Athènes, la capitale du monde éclairé, et attirer dans son sein une foule innombrable d'étrangers de toutes les nations, qui venaient y puiser les principes du bon goût, et y jouir de tous les plaisirs que peuvent procurer les beaux-arts.

Ainsi donc la France fournit à cette époque une nouvelle preuve de cette vérité qui n'est pas assez sentie : que c'est l'éclat répandu sur les lettres qui fait naître en foule les grands littérateurs ; et il ne sera peut-être pas étranger à notre sujet de répondre ici à ces hommes qui cherchent à jeter le découragement dans les esprits, en répétant sans cesse que les jours glorieux de la littérature française sont passés pour ne plus revenir; que tous les genres sont épuisés; que toutes les sources du beau sont taries. Nous leur répondrons que la nature est inépuisable et que ses ressources sont infinies. Vers le commencement du siècle dernier aussi, on criait à la décadence, on assurait que tous les sujets étaient épuisés, qu'il ne restait plus de palmes à cueillir. Voltaire, Montesquieu parurent, et le vulgaire étonné resta muet d'admiration en voyant les nouveaux trésors et les mines fécondes que ces grands hommes surent découvrir dans le vaste champ de la littérature. Oui, la nature est inépuisable, et c'est notre faiblesse, c'est notre propre impuissance que nous lui prêtons quand nous disons qu'elle est obligée de faire de longs efforts pour produire les grands génies.

En considérant, il est vrai, ces longs intervalles, ce grand nombre de siècles où le monde est resté dans les ténèbres de la barbarie, on est d'abord tenté d'accuser l'impuissance de la nature, et de croire qu'elle a ses années de stérilité pour la production des esprits, comme pour celle des fruits de la terre. Mais, si nous voulons un peu approfondir les causes de cette longue absence des lumières, nous verrons que c'est aux hommes qu'il faut s'en prendre, et non pas à la nature ; que c'est aux obstacles de toutes les sortes, apportés au développement des esprits par les Gouvernements ennemis des lumières. Toutes les fois, au contraire, qu'un Gouvernement, protecteur des lettres et des beaux-arts, a secondé les généreuses dispositions de la nature, qu'il a été au devant des talents naissants, et leur a tendu des mains bienfaisantes, alors les bons esprits ont paru en foule, et l'on a vu s'élever ces génies supérieurs qui sont encore l'honneur de leur siècle.

Pour nous convaincre de cette vérité, jetons un coup d'œil rapide sur l'histoire générale des lettres, et nous verrons la nature se plaire à produire les plus beaux génies, partout où les hommes en ont favorisé le développement. Si elle choisit autrefois la Grèce pour y placer le berceau des arts, si elle parut en faire son pays de prédilection, si elle lui versa les dons du génie à pleines mains, c'est que les Grecs, plus qu'aucune nation de la terre, surent mériter une telle faveur, surent se rendre dignes d'un si beau privilége. Quel peuple en effet seconda mieux les libérales dispensations de la nature ? Où prépara-t-on de plus belles palmes au talent ? Où ménagea-t-on de plus beaux triomphes au génie ? Rappelons-nous ces jeux publics, ces fêtes solennelles où toute la Grèce se rassemblait pour proclamer les vainqueurs, pour décerner des couronnes aux Sophocle, aux Euripide, aux Phidias, aux Appelle.

Mais, quand la succession des temps et les fureurs de la guerre eurent amené des révolutions dans les constitutions politiques de la Grèce ; quand tous ces honneurs, tous ces triomphes promis au génie ne furent plus, alors les beaux-arts s'exilèrent de leur terre natale, pour aller chercher ailleurs de nouveaux lauriers, de nouvelles palmes à cueillir. Ils furent reçus chez les Romains : l'éloquence, dans cette seconde patrie, put aspirer aux plus hautes dignités ; et alors fleurirent les Crassus, les Antoine, les Hortensius, les César, les Cicéron. Après le renversement de la République, Auguste mit en honneur la poésie : et alors aussi parurent les Virgile, les Horace, les Ovide. Mais, aussitôt que se montra la tyrannie farouche, ennemie naturelle de toute lumière, les beaux-arts s'enfuirent de nouveau, et pour cette fois ils semblèrent avoir abandonné la terre. Toutefois, dans ce long cours de siècles qui se succédèrent depuis Auguste jusqu'aux Médicis, on vit de loin à loin s'élever quelques grands talents à côté des bons princes : Quintilien, les deux Pline, Tacite, Lucien, Plutarque, sous les règnes de Vespasien, de Titus, de Trajan et des Antonins ; et lorsqu'après l'établissement de l'empire d'Orient, la religion chrétienne monta avec les empereurs sur le trône, et que l'éloquence fut en honneur dans l'église, on vit paraître les Chrysostôme, les Athanase, les Grégoire de Nazianze, les Basile, les Ambroise, les Augustin.

Si l'on m'objecte maintenant qu'il y a eu de grands monarques qui ont cherché à faire revivre les beaux-arts, et n'ont pu tirer les esprits de l'engourdissement où ils étaient plongés, je répondrai, ou bien que leur règne a été de trop courte durée pour produire une telle révolution après une si longue barbarie, ou que ces princes commandaient à une nation non encore civilisée, et dont la langue, ce premier instrument du génie, était encore barbare.

Mais toutes les fois qu'il ne s'est rencontré aucun de ces grands obstacles pour contrarier les vues des Gouvernements amis des lettres, comme sous les Médicis et dans le siècle de Louis XIV, partout on a vu constamment la nature produire de beaux talents et de grands génies ; et cette foule d'écrivains distingués qui, comme nous venons de le voir, fleurirent vers le milieu du dix-huitième siècle, alors que toutes les branches de notre littérature semblaient épuisées, fournit une preuve nouvelle et bien frappante de cette vérité.

C'est encore vers cette époque brillante que l'Académie française, au lieu de laisser, comme auparavant, les concurrents aux palmes académiques maîtres du choix de leur sujet, donna pour celui des prix d'éloquence l'éloge des grands hommes dont la France s'honore, et ouvrit par là un champ fécond au talent des jeunes orateurs. Cette innovation produisit les plus heureux effets. Les ouvrages couronnés inspirant beaucoup plus d'intérêt, les séances de l'Académie, qui jusque-là étaient désertes, devinrent nombreuses et brillantes : elles attirèrent en foule tout ce qui aimait les lettres dans la capitale ; et alors elles étaient cultivées par l'élite de la nation. Les triomphes des concurrents en reçurent un plus grand éclat, et l'on vit bientôt paraître dans la lice de jeunes littérateurs de la plus haute espérance. Peut-être serait-il vrai de dire que c'est à cette idée si heureuse de l'Académie que Thomas dut le développement de ce rare talent qui s'éleva, dans la suite, jusqu'à la conception sublime de l'éloge de Marc-Aurèle, l'un des plus beaux monuments de l'éloquence française.

La même influence s'étendit sur les jeunes poètes. Ils ne mirent pas moins d'ardeur à mériter les couronnes académiques, et firent espérer de nouveaux appuis à cette branche si précieuse de notre littérature, dont Voltaire était à peu près le seul à soutenir la gloire depuis tant d'années. Combien douce dut être la satisfaction de l'Académie, lorsqu'elle vit son zèle, à la fois littéraire et patriotique, couronné par de tels succès; et ses palmes disputées par les Thomas, les Marmontel, les Delille, les La Harpe!

Les esprits parurent alors avoir reçu une impulsion nouvelle; la plus noble émulation se fit remarquer de toutes parts : le champ de la littérature s'étendait de plus en plus; tous les jours elle recueillait surtout de nouveaux fruits de cette heureuse alliance que Fontenelle d'abord, et ensuite Montesquieu et Buffon, avaient formée entre les sciences et les lettres. Celles-ci, en communiquant de leur éclat aux premières, en avaient reçu à leur tour des richesses qui jusqu'alors leur avaient paru étrangères. L'art d'écrire ayant été appliqué par de grands maîtres aux sciences exactes et spéculatives, la prose française en avait reçu, avec une foule d'expressions nouvelles, des formes plus variées et des tours plus hardis. La poésie de son côté, qui sous la plume de Voltaire s'était élancée dans des régions inconnues, et en avait rapporté d'immenses trésors, vit encore son domaine agrandi par le poème des *Saisons* de Saint-Lambert. Ce fut là le premier modèle en France de la poésie descriptive. Les véritables interprètes de l'opinion publique, les littérateurs distingués accueillirent avec de grands éloges un poème où, à toute la richesse du style, à toute la pompe de la poésie, l'auteur avait su joindre la sensibilité la plus vraie et la philosophie la plus douce, et inspirer, avec l'amour des champs, un vif intérêt pour ceux qui les cultivent. Mais cet ouvrage essuya beaucoup de critiques de la part de la basse littérature. Elle ne put pardonner à Saint-

Lambert, ni ses liaisons avec le parti qu'on appelait alors des philosophes, ni surtout l'hommage libre et la justice sans restriction qu'il eut le courage de rendre dans son poëme au plus pathétique de tous les tragiques. A la fin toutes ces critiques se sont évanouies, et *les Saisons* sont restées le plus beau poëme du siècle après la *Henriade*.

Dans le même temps Delille, par son admirable traduction *des Géorgiques*, naturalisait en France le poëme didactique le plus parfait de l'antiquité, et transportait dans notre langue poétique les beautés neuves de l'original, avec les richesses de la langue de Virgile.

Thomas fécondait le champ ouvert à la haute éloquence dans *les Eloges des grands hommes*, et s'associait en quelque sorte à la gloire des Marc-Aurèle et des Descartes, par la manière dont il avait su les célébrer.

Marmontel, qui d'abord s'était fait remarquer par la grâce et la délicatesse de ses compositions dans la littérature légère, se plaçait au rang des littérateurs distingués par sa poétique, et dans celui des écrivains éloquents par son *Bélisaire*.

La Harpe, après avoir produit, à l'âge de

vingt-quatre ans, *Warwick*, peu d'années après, *Mélanie*, et en même temps les *Éloges de Catinat, de Fénélon, de Racine, de La Fontaine*, signalait en outre le grand critique par des écrits d'une raison sévère et d'un goût exquis, et annonçait déjà que la France aurait un jour son Quintilien.

Ce fut vers cette époque que l'on vit fleurir deux branches de notre littérature qui jusque-là avaient porté peu de fruits, je veux dire l'éloquence du barreau et les traductions. La première, que nous avons vue sortir de la barbarie vers le commencement du siècle, jetait alors autant d'éclat que semblent le comporter nos usages et nos lois. Toutes les fois qu'il se présentait dans les cours souveraines, soit de la capitale, soit des provinces, quelques causes importantes par leur nature, ou intéressantes par leur objet, on voyait paraître des plaidoyers ou des mémoires écrits avec autant de goût que de talent. Plusieurs magistrats firent entendre, dans le sanctuaire de la justice, les plus éloquentes réclamations, soit pour le maintien des lois et des moeurs publiques, soit pour la défense des faibles et des opprimés.

Il est surtout trois différents écrits que je ne dois pas omettre ici, parce qu'ils sont de véritables monuments pour notre littérature : le beau plaidoyer de l'avocat-général Servan, qui dans la cause d'un protestant fit triompher celle de tout un peuple d'opprimés ; les mémoires de Beaumarchais dans l'affaire Goëtzman, où il montra un si grand talent pour écrire ; et ceux de M. de Lally-Tollendal, dont l'éloquence noble et touchante a été comparée à celle de l'orateur romain.

D'un autre côté, le grand succès qu'avait obtenu la célèbre traduction des *Géorgiques* donna l'éveil aux écrivains pour ce genre d'ouvrage, en leur prouvant qu'il n'était pas toujours ingrat et sans gloire. On vit alors des hommes de goût et de talent ne pas dédaigner un pareil travail, et reproduire avec succès dans notre langue, non seulement les chefs-d'œuvres des anciens, mais les meilleurs livres de la littérature anglaise et italienne ; les ouvrages de Robertson, de Richardson, de Pope, de Beccaria, de l'Arioste, du Tasse.

Cependant ce nouvel éclat qu'avait jeté la littérature commença bientôt à s'affaiblir ; la direction des esprits changea ; l'attention publique se porta sur d'autres objets. Cette alliance, formée par quelques écrivains philosophes entre les sciences et les lettres, fut d'abord sans doute avantageuse à celles-ci, comme nous l'avons déjà remarqué, en ce qu'elle étendit les bornes de leur domaine ; mais d'un autre côté les sciences, par l'effet de cette même alliance, étant entrées en partage de l'éclat répandu sur les lettres, il s'établit bientôt entre elles une sorte de rivalité qui devint funeste à la littérature. Comme les sciences présentent, avec un champ plus vaste, une carrière où les triomphes sont plus faciles, et pour laquelle il est peu d'esprits qui manquent d'aptitude, le plus grand nombre s'y porta, attiré encore par le plaisir de la nouveauté. Bientôt l'histoire naturelle, la botanique, la chimie furent les connaissances à la mode, et l'on vit jusqu'aux femmes figurer dans les cours ouverts par les savants. La plupart des littérateurs eux-mêmes parurent abandonner les arts de l'imagination, et tourner de préférence toute leur attention vers l'économie politique, qui, par la situation des affaires publiques, devenait tous les jours plus importante. Et c'est ici que l'esprit philosophique, après avoir rendu les plus éminents services, produisit les effets les plus funestes par l'abus qu'en firent quelques écrivains. Les ressorts du gouvernement monarchique, qui peut-être avaient été trop tendus dans le siècle précédent par la main puissante de Louis XIV, s'étaient beaucoup trop relâchés ensuite sous la régence, époque de de tant de désordres, ainsi que sous le long règne de Louis XV. Les abus de toute espèce avaient gagné les différentes branches du gouvernement; la plupart de nos lois étaient insuffisantes ou barbares; les finances, ce nerf des Etats, presque toujours mal administrées depuis Colbert, se trouvaient entièrement épuisées. L'esprit philosophique se signala d'abord à dénoncer à l'opinion publique, devenue en France une véritable puissance, tous ces abus divers, tous ces vices du gouvernement, comme autant de plaies qui rongeaient le corps de l'Etat. Il fit surtout entendre les plus éloquentes réclamations en faveur de la faiblesse ou de l'innocence opprimée; il obtint entre autres triomphes l'entière abolition de l'esclavage et de l'usage barbare de la question; il acquit ainsi les titres les plus honorables à la reconnaissance publique. Ce fut alors comme une émulation générale entre les écrivains philosophes, à qui combattrait un préjugé funeste ou un abus préjudiciable au bien général. Mais par malheur les hommes abusent de tout, et l'on abusa bientôt de l'esprit philosophique. Il finit par n'être plus, chez plusieurs écrivains, qu'un esprit sophistique et novateur, qui, sous prétexte de tout éclaircir, de tout épurer, ne servit plus qu'à tout embrouiller et à tout corrompre; et alors d'un côté il devint une arme terrible avec laquelle on attaqua les institutions les plus sacrées, on ébranla tous les fondements de l'ordre social; et de l'autre il introduisit une foule d'erreurs dans la littérature, mit tous ses principes en problème, fit naître cet esprit subtil et contentieux toujours nuisible aux arts de l'imagination, en ce qu'il substitue la sécheresse du raisonnement aux inspirations du sentiment et du goût; et enfin, nous l'avons vu dans les derniers temps cet esprit novateur, sur le point de dénaturer entièrement notre langue, en inspirant le mépris des règles et le goût du néologisme, en poussant jusqu'à l'excès l'emploi des termes abstraits, et celui des expressions figurées, en bannissant le naturel et la simplicité du style, pour y substituer l'emphase et la déclamation.

Si Voltaire combattit toute sa vie le dernier de ces abus, la vérité nous oblige de dire qu'il ne fut pas étranger au premier, du moins pour ce qui regarde la religion; car on sait d'ailleurs qu'il fut toujours partisan de l'autorité légitime. Il avait d'abord répandu les maximes de la plus sublime morale, dans ses beaux ouvrages qui respirent partout la tolérance, l'humanité, la bienfaisance, ces compagnes éternelles de la vraie philosophie. Mais, en s'élevant contre le fanatisme, il n'avait pas toujours respecté la religion, cette colonne sacrée de l'édifice social, et de toutes la plus digne du respect des hommes. Doué de l'imagination la plus prompte à s'enflammer, et animé en même temps du plus ardent amour des hommes, il avait été frappé plus qu'un autre de tous les maux que le fanatisme avait faits à la France, et dont il eut de bonne heure occasion de s'instruire en composant *la Henriade*. Il en avait contracté une haine marquée contre les ministres de la religion, qu'il ne ménagea point dans ses écrits. C'en fut assez pour élever contre lui un parti puissant qui le poursuivit sans relâche. C'est alors que, poussé à bout par la persécution, il passa de la haine des ministres à celle de la religion, qu'il ne garda plus aucune mesure, et qu'il mit au jour ces productions indignes à la fois de son beau génie et de la gravité d'un philosophe, dans lesquelles il fit servir la philosophie à la ruine de la religion. La multitude, qui n'aimait pas le clergé, soit qu'elle portât envie à ses grandes richesses, soit qu'elle fût choquée du mauvais usage qu'il en faisait quelquefois, applaudit aux attaques hardies de Voltaire. La plupart des grands eux-mêmes, ou par les mêmes motifs, ou bien encore par cet esprit d'irréligion qui s'était glissé parmi eux depuis la dernière régence, y applaudirent de leur côté ; en sorte que ces nouveaux écrits, au lieu de nuire à la réputation de l'écrivain, ne firent qu'y ajouter et la rendre, pour ainsi dire, plus populaire. En outre, il y avait déjà dans les esprits une inquiétude générale, un desir vague de changement, qui faisaient accueillir avec une distinction particulière tous les ouvrages marqués d'un caractère hardi et indépendant. Les ambitieux de renommée s'en apperçurent bientôt, et s'empressèrent d'en tirer avantage chacun pour son compte particulier. J. J. Rousseau se signala entre tous les autres. Il avait reçu de la nature l'âme la plus passionnée et la plus effervescente qui fût jamais. Un amour de renommée, d'autant plus actif en lui qu'il était plus concentré, le poussa aux opinions qui pouvaient faire le plus d'éclat. Comme il possédait l'art d'écrire dans un degré éminent, il sut déguiser ses sophismes sous les formes les plus séduisantes, et prêter à l'erreur toute la force et les couleurs de la vérité. Enfin, soit par l'effet de l'éloquence entraînante de l'écrivain, soit par l'attrait de la nouveauté, qui eut toujours tant d'empire sur les Français, les paradoxes les plus étranges valurent au citoyen de Genève la plus étonnante des renommées, et lui firent une foule d'admirateurs dont l'enthousiasme allait jusqu'au délire. Un succès si prodigieux alluma toutes les ambitions. Tout écrivain, quel qu'il fût, s'imagina arriver à la même vogue en suivant la même carrière. C'est alors que se répandirent en France tous ces ouvrages remplis de déclamations, de paradoxes et de sophismes, parmi lesquels se firent remarquer ceux des Helvétius, des Diderot, des Mably, des Raynal, des Boullanger, des Condorcet; ouvrages, il faut le dire, dans lesquels, au nom de la philosophie, et sous prétexte de détruire les préjugés, de réformer les abus, ces nouveaux philosophes secouèrent le frein de toute autorité, et portèrent atteinte à toutes les institutions sociales. Voltaire, dans ses écrits, avait constamment respecté l'autorité légitime, prêché l'adoration d'un Dieu, et repoussé de toutes ses forces l'horrible doctrine de l'athéisme. J. J. Rousseau, au milieu même de ses paradoxes et de ses sophismes, avait défendu de toute son éloquence la religion naturelle et la morale, et gravé dans tous les cœurs l'amour de la vertu. La plupart au contraire des écrivains que nous venons de nommer, et une foule d'autres, imbus de la doctrine perverse de l'athéisme, ne connurent plus de frein dans leur philosophie insensée ; ils lâchèrent la bride à tous les désordres en flattant toutes les passions, ne donnèrent à la morale d'autre base que l'intérêt personnel, et attaquèrent ainsi dans leur source tous les principes conservateurs de l'ordre social. Une telle philosophie mérite sans doute l'exécration universelle ; mais, loin d'en rejeter les funestes résultats sur la vraie philosophie, loin d'attribuer à celle-ci tous les fruits de mort que l'autre peut avoir produits, les bons esprits n'y voient qu'un exemple mémorable de cette fatalité attachée aux choses humaines, qui fait que l'abus des meilleures est de tous les abus le plus mauvais.

Cependant la littérature ressentit le contrecoup de la nouvelle impulsion imprimée aux esprits vers les sciences. Il dut en résulter sans doute un progrès sensible dans celles-ci ; et c'est ce qui, dans l'histoire des lettres en général, caractérisera la fin du dix-huitième siècle. Mais elle fut loin d'être marquée par les mêmes succès dans les arts de l'imagination. Le théâtre surtout ne soutint guères son éclat qu'à la faveur des anciennes pièces. Parmi les tragiques de cette époque, Ducis et La Harpe sont les seuls qui obtinrent un succès mérité. On remarqua de beaux vers, quelques scènes admirables dans les drames du premier; ceux du second se distinguaient par une sage composition, et surtout par la correction et l'élégance du style. Mais on ne vit sur le théâtre de Melpomène aucun ouvrage qui approchât des chefs-d'œuvres de l'art. La scène de Thalie ne fut pas plus fortunée. Le *Barbier de Séville* de Beaumarchais, et surtout son *Mariage de Figaro*, eurent pourtant une très-grande vogue; mais l'on sait qu'elle doit être plutôt attribuée à la nouveauté du genre, à quelques traits hardis et à des circonstances particulières, qu'au mérite réel de ces deux pièces, qui ne peuvent être regardées que comme des *imbroglio* pleins d'esprit et de gaîté, et non comme de vraies comédies.

Il parut toutefois par intervalles, dans les autres parties de la littérature, quelques ouvrages d'un talent distingué : le poème des

*Jardins* de Delille, étincelant de toutes les beautés et de tous les prestiges de la poésie de style ; les *Élégies* de Bertin et de Parny, où l'on retrouva la pureté, l'élégance, le charme de diction, l'harmonie, tout le feu enfin de Properce et de Tibulle ; les productions de Florian, qui se firent remarquer par le plus heureux naturel, par la grâce et la délicatesse du pinceau ; les écrits de Bernardin de Saint-Pierre, d'une imagination si douce à la fois et si brillante, dans lesquels les bienfaits de la providence sont présentés dans le jour le plus religieux, où toutes les productions de la nature, depuis le cèdre du Liban jusqu'aux lis des vallées, sont retracées sous des couleurs si fraîches et si suaves, où se montre enfin à chaque page l'âme la plus aimante et la plus expansive.

Il parut encore plusieurs livres de science, tels que ceux des Bailly, des Daubenton, des Lacépède, des Laplace, des Lavoisier, qui se distinguèrent de la foule par la beauté du style ; un livre d'érudition, le *Voyage d'Anacharsis* qui enrichit notre littérature par les recherches les plus utiles et les plus intéressantes sur l'ancienne patrie des sciences et des beaux-arts.

Mais un ouvrage qui étonna toute l'Europe, autant par sa nouveauté que par l'éloquence noble et animée de l'écrivain, ce fut celui de M. Necker (1) sur l'administration des finances. Jamais on ne fit un plus bel usage de l'art d'écrire ; jamais une plus belle alliance de la vertu et du génie, de la morale et de la politique. Son livre de *l'Importance des opinions religieuses* est d'une éloquence encore plus élevée. On dirait d'une intelligence céleste qui plane au dessus de la raison humaine.

Enfin, quelques années avant cette révolution politique (2), qui en s'annonçant devait tout ranimer, tout revivifier, et qui sans la main d'un grand homme aurait achevé de tout détruire et de tout engloutir, les lettres et les arts, les personnes et les choses ; enfin, dis-je, on

---

(1) C'est ici que l'on peut dire que la grande réputation du ministre a nui à celle de l'écrivain. La plupart des gens, même parmi la foule des littérateurs, semblent méconnaître le rare talent de M. Necker comme écrivain. Il me semble pourtant qu'il doit être compté parmi les éloquents du dernier siècle.

(2) Je termine ici en 1789 le tableau littéraire du dix-huitième siècle. On sentira sans doute mes raisons. Une des principales a été qu'il ne m'a semblé nullement convenable de me constituer le juge de mes juges. On ne

vit s'élever cette belle institution du Lycée, où les hommes les plus distingués dans les sciences et les lettres, s'étaient réunis pour répandre de plus en plus toutes les sortes de connaissances, où surtout un nouveau Quintilien donnait publiquement ces leçons de goût et d'éloquence, qui, réunies depuis en corps d'ouvrage, forment un monument qui peut être compté parmi les plus beaux de notre littérature, et qui termine dignement le tableau littéraire du dix-huitième siècle. Il serait à desirer toutefois que le mérite des derniers volumes répondît à celui du reste de l'ouvrage, et qu'ils ne fussent pas surtout une satire violente de ce siècle. L'auteur, aigri par les excès de toute espèce, et par les atrocités inouïes qui s'étaient commises dans la révolution, au nom de la philosophie, se livra dans la dernière partie de son livre à toute la fougue de son caractère ardent, et à toute sa verve

---

pourra ainsi du moins m'accuser d'avoir cherché à gagner leurs suffrages par mes adulations. Je craindrais bien plutôt d'avoir été injuste à l'égard de plusieurs d'entre eux, par la loi que je me suis prescrite de ne faire mention que de ceux dont la carrière littéraire m'a paru terminée.

satirique contre la plupart des écrivains philosophes.

Quelques hommes aujourd'hui, s'étayant de l'autorité de ce célèbre critique, et plus encore des malheurs de la révolution, pensent se faire un grand nom en rabaissant autant qu'il est en eux la littérature du siècle dernier, et s'efforcent dans cette vue de faire regarder l'esprit philosophique comme un titre de réprobation pour tous les écrivains de ce siècle. Il ne sera donc pas inutile, en me résumant, d'exposer sommairement ce que la France doit à l'esprit philosophique; et j'examinerai rapidement ensuite quels sont dans chaque genre de littérature les titres du dix-huitième siècle.

Serait-il juste, parce que les monstres qui ont ensanglanté la France se sont parés du nom de philosophes, de proscrire tout ce qui tient ou a tenu à la philosophie? Non certes, ou bien il faudrait, d'après ce principe, étendre la proscription sur la vertu et le patriotisme; car ces mots sacrés étaient aussi toujours dans la bouche des monstres. Gardons-nous bien de nous livrer au penchant si ordinaire à l'esprit humain, de ne sortir d'un extrême que pour se jeter dans l'autre; et loin de crier anathème contre l'esprit philosophique, reconnaissons au contraire tout le bien qu'il opéra dans sa naissance et dont nous jouissons encore, quoiqu'on semble l'avoir oublié pour ne voir que les funestes résultats de l'abus.

Il excita à l'envi dans tous les cœurs l'amour de tout ce qui est honnête, rappela toutes les institutions sociales à leur but primitif, à leur première destination, qui est le bonheur des hommes. Il s'empara de toutes les grandes actions, de toutes les hautes pensées pour les produire dans un plus grand jour, et les offrir à la vénération des peuples; mit ainsi en plus grande recommandation toutes les vertus publiques, délivra la France d'une foule de préjugés funestes, et fit enfin cesser sans retour le règne sanglant du fanatisme qui l'avait désolée pendant un si grand nombre d'années. D'un autre côté il ouvrit au génie des écrivains de nouvelles sources de beautés, en tournant leurs idées vers des objets nouveaux; et par les sentiments de bienfaisance, d'humanité, de confraternité générale qu'il imprima dans leur âme, il communiqua à leurs écrits ce charme pénétrant, cet attrait irrésistible qui les fit rechercher avec avidité, non seulement des nationaux, mais même des étrangers. Il est par là, n'en doutons point, une des principales causes de cette universalité qu'a acquise la langue française; et sous ce seul rapport, de quels avantages politiques n'est-il pas devenu la source? Qui pourrait compter le nombre de beaux ouvrages dont notre littérature lui est redevable? De combien de monuments ne l'a-t-il pas enrichie? A quel genre de gloire ne l'a-t-il pas, pour ainsi dire, associée, en portant les pensées des grands écrivains sur les matières les plus importantes au bonheur de l'espèce humaine. Je n'ignore pas qu'ici je marche sur des charbons ardents. Mais ne cessons pas de le répéter, quelque cruelles qu'ayent été les suites de l'abus, elles ne doivent pas nous fermer les yeux sur les heureux fruits du bon usage, surtout lorsque ces fruits subsistent encore, et qu'ils sont impérissables, tandis que les affreux résultats de l'abus sont passés pour ne plus revenir. Qui est-ce qui pourrait nier que l'esprit philosophique n'ait adouci les formes de l'autorité là où elles étaient trop rigoureuses, n'ait fortifié le faible contre le puissant, n'ait contribué à alléger le fardeau de cette classe nombreuse du peuple qui ne vit que de peines et de travaux; qu'il n'ait enseigné à épargner le sang et à ménager les sueurs des hommes? N'est-ce pas lui enfin qui a élevé au dessus de toutes les puissances l'autorité de l'opinion toujours imposante lorsqu'elle est la voix de la conscience publique, autorité qui sans doute peut souffrir des éclipses, mais qui tôt ou tard reprend son empire, et qui sera à jamais en Europe un frein salutaire contre le despotisme.

Si nous examinons maintenant les avantages que la langue française doit à l'esprit philosophique, nous trouverons encore qu'ils sont considérables; sans doute qu'elle avait été déjà fixée par les écrivains illustres du siècle de Louis XIV. C'est un point qui ne peut être contesté; mais cela ne signifie nullement ( et cette explication, toute simple qu'elle est, ne sera peut-être pas superflue au temps où nous vivons ); cela ne signifie, dis-je, nullement que notre langue eût acquis dès lors tout ce qu'elle pouvait et peut encore acquérir; car il n'est point de grand écrivain à qui sa langue ne doive de nouvelles acquisitions. De quelle foule de beautés la langue française n'a-t-elle donc pas dû s'enrichir sous la main de nos grands auteurs du dix-huitième siècle? On ne peut d'abord nier qu'elle n'ait beaucoup gagné pour la grâce et l'éclat sous la plume de Voltaire; pour la vivacité et la force d'expression sous celle de Montesquieu ; pour l'énergie sous celle de Rousseau; pour la majesté sous celle de Buffon. On ne peut nier qu'elle n'ait pris en général une marche plus ferme, plus libre, plus facile. Et combien d'expressions heureuses, de tournures hardies; combien de mots nouveaux ou pris dans une acception nouvelle n'a-t-elle pas dû surtout à la triple alliance formée par l'esprit philosophique entre les sciences, les lettres et les arts?

N'est-ce pas encore l'esprit philosophique qui fit sortir toutes les sciences de la vieille routine où elles se traînaient servilement; qui a assigné à chacune d'elles la route qu'elle avait à suivre, le but qu'elle devait atteindre; qui a donné enfin cette vive impulsion également victorieuse des peines et des travaux, des obstacles et des périls, et a produit ces progrès si étonnants, et surtout ces résultats si heureux pour l'avancement des arts utiles?

On ne finirait pas si on voulait rappeler tous les heureux fruits qu'a produits l'esprit philosophique. Sans doute que l'abus cruel qu'on en a fait dans ces derniers temps a beaucoup terni leur éclat; mais la vraie philosophie n'en est pas moins restée pour les bons esprits la source des idées les plus libérales et des sentiments les plus généreux ; et si aujourd'hui il faut un certain courage dans le monde pour se montrer les partisans de cette vraie philosophie, ce n'est point certes au sein de l'Académie française que nous aurions pu craindre de rendre justice aux écrivains du siècle dernier, qui en ont empreint leurs pages immortelles, où elle n'a servi qu'à donner plus d'éclat à la vérité et plus de force à la raison. En vain certains critiques s'efforcent en ce moment de tirer parti des préventions que la révolution a jetées dans les esprits contre la philosophie ; en vain voudraient-ils faire de l'esprit philosophique un titre de réprobation contre la littérature du dix-huitième siècle : la postérité, plus juste et plus éclairée, parce qu'elle ne sera ni aveuglée par la haine, ni dirigée par l'envie, saura distinguer les bons ouvrages d'avec les mauvais, et trouvera encore assez des premiers pour mettre, sous le rapport des lettres, le dix-huitième siècle sur la même ligne peut-être que le précédent, tout grand qu'il ait été ; ou plutôt elle les confondra dans la même époque, et n'en fera que mieux éclater ainsi la gloire de la littérature française.

Personne certes n'est pénétré plus profondément que nous de l'admiration que méritent et les écrivains illustres et les ouvrages immortels du siècle de Louis XIV. Mais je ne vois pas pourquoi cette admiration serait exclusive ; il me semble au contraire que mieux on sent les beautés des Racine et des Bossuet, mieux on doit sentir aussi celles des Voltaire et des Montesquieu ; et loin que notre admiration fondée par les premiers doive nous rendre injustes envers les autres, l'équité au contraire semblerait nous prescrire, si nous voulions comparer les deux siècles, de traiter plutôt avec indulgence qu'avec rigueur les grands hommes du dernier, qui, en se présentant dans la carrière, trouvèrent partout les premières places occupées, et furent obligés ou de lutter avec désavantage contre ceux que l'admiration publique en avait mis en possession, ou bien de s'ouvrir de nouvelles routes. L'on ne peut en outre se dissimuler que le grand siècle n'ait été aussi le siècle privilégié ; que le champ de la littérature lui offrait de toutes parts un sol, pour ainsi dire, vierge, et qui n'attendait que la main du génie pour produire les plus belles comme les plus abondantes moissons ; que le talent était partout accueilli, encouragé, excité par un monarque couvert de gloire, plein de munificence, et le protecteur déclaré des lettres et des arts; avantages précieux que n'eut pas le siècle qui suivit. Cependant, si malgré ces avantages nous essayions de mettre ces deux siècles en regard l'un de l'autre, nons sentirions encore que le dernier est bien loin de mériter le mépris qu'affecte pour lui le siècle qui commence; siècle qui, pour le dire en passant, n'a pas trop encore, ce me semble, de quoi s'enorgueillir sous le rapport des lettres, et dont les premiers pas dans cette carrière n'ont guère été marqués jusqu'ici que par les succès scandaleux de quelques novateurs, ou plutôt des imitateurs, en prose et en vers, des Ronsard et des Dubartas.

Jetons enfin un coup-d'œil rapide sur les diverses branches de notre littérature, et tâchons d'apprécier avec la plus exacte impartialité ce que chacune d'elles a gagné ou perdu dans le dix-huitième siècle.

La France n'avait aucun titre dans l'Epopée, et les essais malheureux des Chapelain, des Lemoine, dans le siècle précédent, n'avaient servi qu'à faire croire que notre langue se refusait à ce haut genre de poésie. La Henriade parut, et la langue française fut vengée d'un tel reproche. Ce poème obtint dès sa naissance le plus grand succès ; les meilleurs juges du temps, les hommes les plus éminents dans la littérature, en parlèrent dans les termes de la plus vive admiration. Si depuis, les ennemis si nombreux de l'auteur ont cherché à ternir cet éclat, si la haine et l'envie en sont venus même jusqu'à refuser à ce bel ouvrage toute espèce de mérite, certes nous nous garderons bien de nous arrêter à ces vaines, à ces folles critiques, le plus souvent contradictoires entre elles ; nous nous contenterons d'observer qu'il n'appartient qu'aux bons ouvrages d'être si long-temps et si violemment critiqués, et que le ton moral et philosophique de la Henriade, la beauté suprême et toujours soutenue de sa poésie, la recommanderont jusqu'à la dernière postérité.

La tragédie avait été portée à un si haut point de perfection dans le siècle de Louis XIV, qu'il ne semblait plus permis d'espérer qu'il s'élèverait un tragique capable de disputer la palme aux auteurs immortels de *Cinna* et de *Polyeucte*, d'*Iphigénie* et d'*Athalie*. Voltaire, à l'âge de vingt-quatre ans, donna son *OEdipe*, et ce beau coup d'essai fit espérer un digne successeur de Corneille et de Racine.

Des trois genres que la tragédie peut traiter, l'histoire, la fable et les sujets d'imagination, ces deux grands hommes semblaient avoir pris la fleur des deux premiers. Cependant le génie tragique de Voltaire y trouva encore la matière de plusieurs triomphes, de chefs-d'œuvres, tels que *Mérope*, *Oreste*, *Sémiramis*, *Brutus*, *Rome sauvée*, *la Mort de César*. Non content d'avoir fait une si belle moisson dans un champ qu'on avait cru dorénavant stérile, il s'empara, dit La Harpe, des sujets d'invention avec toute la puissance de son génie, et fit voir de quels effets ils sont susceptibles, quand on sait les lier à de grandes époques historiques, et donner à des personnages imaginaires la vérité des grandes passions. C'est de cette mine nouvelle et si féconde qu'il tira les drames immortels de *Zaïre*, d'*Alzire*, de *Mahomet*, de *Tancrède*; et il prouva ainsi que le génie sait agrandir la carrière, quand d'autres que lui ont eu la gloire d'y entrer les premiers. Il reste en ce moment un trop grand nombre d'ennemis acharnés sur la mémoire de Voltaire, pour que ses beaux ouvrages puissent encore jouir de tout l'éclat qu'ils méritent à tant de titres. Mais les viles critiques de ces ennemis passeront, et l'impartiale postérité, en reconnaissant que ce grand homme a su soutenir la tragédie au ton mâle et sublime où l'avait portée le grand Corneille, sans tomber, comme lui, dans l'emphase et la déclamation ; qu'il a su prêter aux passions tragiques, et surtout à la plus théâtrale, à celle de l'amour, toute la vérité, tout l'intérêt, tout le charme de Racine, avec encore plus de force et de profondeur ; que si sa versification et les plans de ces pièces n'offrent pas toujours la perfection de ce dernier, son style a plus de grâce, plus d'éclat, plus d'entraînement, et ses conceptions sont d'un plus grand effet ; qu'il l'emporte évidemment par la véhémence et le pathétique de l'action, et qu'il a imprimé à la tragédie ce caractère moral qui distingue éminemment ses chefs-d'œuvres ; la postérité, dis-je, proclamera Voltaire le plus grand tragique du monde entier.

Si Crébillon ne peut être mis, comme Voltaire, dans la classe des Corneille et des Racine, il est incontestablement le premier des tragiques du second ordre. Il n'a manqué peut-être à *Rhadamiste*, pour être placée dans le nombre de nos chefs-d'œuvres, que d'être écrite avec une élégance et une correction plus parfaites.

Il s'en faut sans doute que la comédie se soit soutenue avec le même éclat dans le siècle dernier ; mais ne serait-il pas juste de dire, à la décharge des auteurs comiques de ce siècle, que si les bons ouvrages dont ils ont enrichi notre théâtre, n'ont pas égalé ceux de Molière et de Regnard, il faut peut-être moins en accuser leur génie, que la nature des choses. Il n'y a en effet dans la nature humaine qu'un très-petit nombre de caractères vraiment comiques, et marqués de grands traits. Ces caractères principaux une fois mis en œuvre, ces couleurs primitives une fois employées par les artistes habiles qui sont venus les premiers, il ne reste plus de sujet fécond pour ceux qui viènent après eux ; ils n'ont plus à figurer que des nuances fugitives, incapables de produire les mêmes effets.

C'est à ces bornes si resserrées de la comédie que nous devons le drame mixte, qui nous offre une compensation. Ce nouveau genre, introduit par La Chaussée, fut fortement combattu dans sa naissance, et il a eu encore depuis beaucoup de critiques à essuyer. Mais, quoi qu'on en puisse dire, *l'École des mères*, *la Gouvernante*, et quelques autres productions de ce genre, qui depuis longtemps se soutiènent à la scène avec succès, n'en doivent pas moins être regardées comme une richesse de plus pour notre théâtre.

Le dix-huitième siècle a été encore moins heureux dans le grand opéra, l'ode et la fable, que dans la comédie; mais il a eu son Properce et son Tibulle, et il a vu naître un nouveau genre de poésie, les poèmes descriptifs, qui forment maintenant une des belles parties de nos richesses poétiques.

Si l'éloquence de la chaire, qui, dans le siècle de Louis XIV, fut portée à un si haut point, ne s'est pas soutenue au même degré dans le siècle suivant, quoiqu'il ait produit des orateurs sacrés d'un vrai talent, d'un autre côté l'esprit philosophique, qui domina dans ce siècle, ayant dirigé les études du génie vers d'autres objets, notre littérature a été enrichie de plusieurs ouvrages à jamais célèbres, où toute la force et tous les trésors de l'éloquence ont été employés tantôt à développer les questions les plus élevées de politique, de législation et de morale, tantôt à louer les grands hommes qui ont éclairé le monde par leurs lumières, ou qui l'ont édifié par leurs vertus, tantôt enfin à célébrer les bienfaits de la providence dans ces créations si variées et si merveilleuses, dans ces productions si multipliées et si admirables, dont elle a couvert le globe de la terre.

Quant à l'éloquence du barreau, qui, par nos usages et par nos lois, n'a jamais été susceptible de jeter le grand éclat qu'elle eut jadis à Rome et dans Athènes, l'on peut affirmer, ce me semble, qu'elle a fait de véritables progrès dans le siècle dernier ; et l'on pourrait citer nombre de mémoires, de réquisitoires, de plaidoyers, qu'on regarde comme des modèles dans leur genre, et dont plusieurs sont des monuments pour notre littérature.

Ce siècle pourrait encore se prévaloir dans le genre délibératif de plusieurs discours d'une véritable éloquence, qui ont été prononcés dans les différentes assemblées nationales, et revendiquer, parmi cette foule de talents qui s'y montrèrent, quelques hommes célèbres qui surent se préserver également de la contagion des mauvais principes et de celle du mauvais goût. Mais ici, c'est à la postérité qu'il faut laisser le droit de dispenser la louange comme le blâme.

Nous avons vu l'histoire prendre un tour nouveau sous la plume de l'immortel auteur du *Siècle de Louis XIV*, et devenir plus philosophique et plus instructive, en nous offrant le tableau complet des divers éléments qui constituent la puissance morale et physique des nations. Cette nouvelle manière d'écrire l'histoire a été critiquée; on a prétendu qu'elle n'avait pas le même attrait pour les lecteurs. Il peut se faire qu'ainsi traitée, l'histoire ne se fasse pas lire avec la même rapidité; mais, à coup sûr, elle se lit avec plus de fruit, et présente un plus véritable intérêt. Du reste, l'*Histoire de Charles XII*, ouvrage classique traité à la manière de Quinte-Curce, est une preuve que ce n'est point par impuissance d'imiter les anciens avec succès que Voltaire a introduit une méthode nouvelle, méthode qui a été suivie par les Anglais, reconnus pour les meilleurs historiens d'entre les modernes. Mais les ouvrages de Voltaire ne sont pas les seuls titres du dix-huitième siècle. Il peut encore réclamer à bon droit l'*Histoire de Pologne* qui vient de paraître; et le livre de Montesquieu sur les *Causes de la grandeur et de la décadence de l'Empire Romain*, est comparable à tout ce qu'il y a de plus beau parmi les anciens et parmi les modernes.

Les traductions sont une des branches de notre littérature qui ont été cultivées avec le plus de fruit dans le siècle dernier, et non seulement plusieurs chefs-d'œuvres des anciens, mais encore les meilleurs ouvrages des Anglais et des Italiens, sont venus augmenter la masse de nos trésors littéraires.

Pour ce qui est enfin de cette littérature légère qui délasse tous les esprits et plaît à toutes les classes de lecteurs, les richesses du dix-huitième siècle sont, pour ainsi dire, inépuisables; et l'on n'éprouve que l'embarras du choix entre les différents poètes ou prosateurs qui se sont distingués dans ce genre où la France a surpassé de si loin toutes les autres nations. Mais rien n'égale, surtout dans les poésies fugitives, ni parmi les anciens, ni parmi les modernes, ces inimitables productions de Voltaire, qui font les délices de tous les gens de goût; qu'on lit et qu'on relit sans cesse avec un plaisir toujours nouveau; dans lesquelles tout se trouve réuni, la clarté, la pureté, l'élégance du style, le nombre, l'harmonie et le coloris poétiques, la finesse et la solidité des pensées, les piquantes saillies, les brillants éclairs de l'esprit, une gaîté toujours franche et inépuisable, des traits de sublime répandus sur les sujets les plus simples, enfin les plus utiles leçons de la philosophie embellies de toutes les grâces de l'imagination.

Voilà, ce me semble, les principaux titres avec lesquels la littérature du dix-huitième siècle se présentera aux regards de la postérité. Je ne pense pas qu'on puisse m'accuser d'en avoir exagéré ni le mérite ni le nombre. Il est, au contraire, quelques auteurs vivants dont nous aurions pu lui faire honneur; mais, ainsi que nous n'avons pas voulu disputer au siècle de Louis XIV un Jean-Baptiste Rousseau, un Massillon, qui cependant ne firent paraître la plupart de leurs ouvrages que dans les premières années du dernier, de même nous avons réservé en quelque sorte pour le siècle présent, les seules colonnes qui restent à la littérature française, des écrivains qui, tenant au dix-huitième siècle par les titres qu'ils ont déjà produits, appartiendront plus particulièrement à celui-ci par des titres nouveaux, relèveront et feront refleurir cette belle branche de la gloire nationale, que les éternels ennemis de la raison et des lumières s'efforcent de flétrir par tous les moyens qui sont en leur pouvoir. Il serait temps enfin de réprimer leurs attentats sacriléges. Les progrès de la déraison et du mauvais goût vont toujours croissant. Chaque jour éclaire de nouveaux scandales littéraires. C'est aux hommes en autorité dans les lettres, c'est aux pères conscrits de la république, c'est à l'Académie française qu'il appartient de se montrer et de reparaître dans son ancien éclat, pour reprendre en main la direction de l'opinion publique toujours si prompte à s'égarer, pour marquer du sceau de la réprobation tous les mauvais écrits dont les succès sont si pernicieux, et remettre en vigueur les principes sévères du bon goût et de la droite raison.

Eh quoi! serait-ce à une époque où la France s'élève à un si haut degré de splendeur, à une époque aussi brillante pour les enfants de Mars, que les enfants d'Apollon resteraient sans honneur et sans gloire? Non, non; nous en jurons par les destinées du grand Napoléon, et un tel serment ne sera pas vain. C'est à lui qu'il appartient de rendre la vie aux beaux-arts, de donner un nouvel essor aux Muses françaises, et de fixer pour jamais le bon goût dans sa patrie naturelle, dans cette France d'où il n'est resté que trop long-temps exilé aux jours de nos malheurs. Eh! comment le bon goût ne nousaurait-il pas abandonnés dans ces jours de désolation, où toutes les idées du bon et du beau étaient dénaturées, où toutes les sources de l'éloquence étaient corrompues, où la parole était, pour ainsi dire, souillée?...... Mais ne rappelons plus ces jours de deuil, ou bien ne les rappelons que pour nous mieux pénétrer de tout ce que nous devons au libérateur de la France; que pour égaler, s'il est possible, notre reconnaissance à ses bienfaits; que pour élever plus haut nos espérances, en jugeant de ce qu'il fera encore par ce qu'il a déjà fait. Reportons-nous donc un moment aux jours de la venue de ce libérateur, à ces jours où notre patrie, qui commande aujourd'hui à l'Europe, semblait toucher à sa ruine, et ne pouvoir échapper à une dissolution totale. Le génie du mal planait sur la France, l'affreuse discorde était partout, dans la capitale et dans les provinces; toutes les ressources étaient épuisées, tous les courages abattus, toutes les âmes flétries; et les cœurs les plus ouverts à l'espérance ne savaient, pour ainsi dire, où se prendre pour espérer. L'homme fort, l'homme envoyé de Dieu paraît, et soudain la discorde pâlit et demeure interdite, les factions sont enchaînées, l'ordre renaît de toutes parts, l'espoir revit dans tous les cœurs, et les Français, qui avaient cru voir déjà leur pays démembré, leur terre natale devenue la proie de féroces étrangers, semblent s'étonner de retrouver une patrie. Et comment raconter tous les prodiges qu'il a faits depuis? Combien de maux n'a-t-il pas réparés? Combien de malheureux n'a-t-il pas consolés? Que de calamités prévenues! Que de biens présents et futurs assurés! Que de belles institutions! Et surtout quels éclatants triomphes! O journées d'Jena, d'Austerlitz et de Marengo! Quel noble orgueil vous nous inspirez! Combien nous sommes fiers d'être Français!

Or, s'il est vrai, Messieurs, que les grandes actions produisent les grandes pensées, que les grands héros fassent naître les grands génies, fut-il jamais d'espérance mieux fondée que ce bel héritage de gloire qui vous a été transmis par vos prédécesseurs, que vous avez agrandi et que vous enrichirez encore par vos veilles, ne se flétrira point, ne dépérira point entre les mains de ceux qui vous succéderont? Eh! comment pourrait-on le penser, quand on a vu le héros de la France relever de ses mains victorieuses ce temple du bon goût dont vous êtes les ministres, et qui est comme l'arche d'alliance entre le trône et les lettres; quand on l'a vu, aux jours de la paix, faire de l'instruction publique sa plus chère pensée, son objet de prédilection, et l'instituer sur une base à la fois si brillante et si solide; quand on l'a vu enfin dans le tumulte des camps et au milieu même du cours si rapide de ses conquêtes, tourner ses regards vers les lettres et les beaux-arts, et les associer en quelque sorte aux triomphes de ses guerriers dans ce beau monument qu'il a voulu consacrer à la gloire des vainqueurs d'Jena et d'Austerlitz ?

Par lui l'éducation de la jeunesse française va devenir plus mâle et plus virile, et le caractère national recevoir une trempe plus forte. Si donc la France littéraire a jeté un si grand éclat avec un système d'instruction publique aussi faible, aussi défectueux que celui qu'elle a eu jusqu'ici, quelles hautes espérances ne doit-elle pas concevoir pour l'avenir avec son Université impériale, et sous le règne du plus éclairé, comme du plus grand de tous les monarques ?

Oui, n'en doutons point, Napoléon-le-

Grand, jaloux de toutes les sortes de gloire, accomplira, aux jours de la paix, toutes ses intentions libérales en faveur des lettres. Son vaste et puissant génie imprimera au sol littéraire de la France une fécondité nouvelle, suscitera quelques puissants génies semblables à ceux que nous envions aux deux siècles derniers ; et la France, faite pour réunir tous les genres de grandeur, continuera de tenir en Europe le sceptre de la littérature.

FIN.

www.ingramcontent.com/pod-product-compliance
Ingram Content Group UK Ltd.
Pitfield, Milton Keynes, MK11 3LW, UK
UKHW020355180726
13839UKWH00003B/1107

9 782329 569222